저는 많이 보고 있어요
안미옥 시집

문학동네시인선 187 안미옥

저는 많이 보고 있어요

시인의 말

손에서 손으로
열리는 것을 봅니다.

2023년 2월
안미옥

차례

1부 모두에겐 그럴 만한 이유가 있다

2부 내가 가진 것을 줄게

1부

모두에겐 그럴 만한 이유가 있다

홈

얼음의 살갗을 가진 얼굴도 있다
녹아 흐르면서 시작되는 삶도 있다

아이에게 심부름을 시키고
도망치듯 사라져야 하는 사람도 있다

나무 탁자에 생긴
아주 작은 홈

이상한 기분을 가진 적 있다

자꾸만 뒤를 돌아보고 싶었다
가게는 멀리 있고

심부름을 다녀오면 사라져버릴 사람과
남아 있을 빈 의자

한 손에 달콤한 사탕이 들려 있다 해도

다음에 다시 만나,
그 말이 듣고 싶었다

왔다가 사라지고 왔다가 사라지는

창밖에
다 녹을 만큼만 눈이 내렸다

빛도 어둠도 없이
막아서는 것이 아무것도 없는데

누군가는 울고 누군가는 화를 냈다
우는 것과 화를 내는 것이 같은 것이라는 걸
몰랐다
참을 줄 아는 사람은 계속해서 참았다

모두에겐 그럴 만한 이유가 있다
모두에겐

아주 무거운 상자
무릎이 아픈 사람이 자주 무릎을 만진다

빛은 쩌르는 손을 가졌는데
참 따듯하다

론도

말에도 체온이 있다면
온몸에 꽉 채우고 싶은 말이 있다

다 담지 못할 것을 알면서

어둠은 깊이를 색으로 가지고 있다
더 깊은 색이 되기 위해

끝없이 끝없이 끝없이
계속되는 나무

한없이 한없이 한없이
돌아가는 피

궤도를 잃어버린 것 같았는데

이 집은 너무 작아서
죽어가는 소리도 다 들린다

긴 어둠처럼
얼굴이 흙투성이가 될 때마다

두꺼운 잠바를 입은 사람들이

숨을 목 끝까지 채우고 걸어가듯이

나는 바다를 통째로 머리에 쓰고
걸어다니는 사람

수척한 천사를 데리고*

아슬아슬하게
대담한 사람으로 있고 싶었다

* 이상, 「홍행물천사」에서.

선량

미끄럼틀을 거꾸로 오른다
내려오던 아이가 잡아준다고 손을 내밀었다
손과 발에 힘을 더 주어 내민 손까지 올라갔다

단단한 껍질을 가진 사람은 아무리 출렁여도 단단한 사
람이 된다

다친 무릎 위에 딱지가 앉는다 낫는 것이라는데

내가 겪는 시간을 모르는 채로
누군가 했던 말이
숨이 찬 순간마다 떠오른다

강하다고 믿고 싶었겠지만
나는 그렇게 강하지 않다

이제는 어떤 사람이 되어야 할까

일상이 뒤죽박죽이라면
조금 더 헤쳐놓아도 될까

개는 멍멍 짖는다고 말해줬는데
아기가 흉내내는 소리가 개의 목소리에 더 가까웠다

가까워진다는 것이 무엇인지
더 모르게 되었다

빛에 더 가까워지면
눈을 감고 걷게 되겠지

잘못 사온 빵을
먹는 시간

나는 아주 커다란 비눗방울을 만든다
터트리려고
아이들이 모였다가 흩어진다

하우스

이 집은 1978년에 지어졌다

2층은 지금 비어 있고 1층은 이달 중으로 이사할 거예요
마음에 드는 곳으로 고르시면 돼요

나는 1층도 보고 2층도 본다

1층엔 두 딸만 있고 불을 켜지 않고 있어서
불 켜지 않은 채 집을 보았다
낮의 어둠이 벽에 잘 붙어 있었다

큰딸이 난처한 얼굴로 내내 현관 앞에 서 있다가 말했다

다음에 집 보여주실 땐 미리 연락을 주세요
제가 집에 있어요

지금은 2020년이고 변기 물이 내려가지 않는다

2층은 넓고 햇빛과 먼지가 가득하고
어디로 이어져 있는지 모를 다락방 나는 또
문을 열었다 문을 보았으니 열지 않을 수 없었는데

내가 살아왔던 집과 내가 찾고 있는 집 사이

통로는 무슨 색으로 되어 있을까

계단을 내려오는데 뒤에서 하는 말이 들렸다
옛날 집이라서 그래요

1978년은 일요일에 시작되었다
세종문화회관이 개관하고 고려대장경 초조본이 발견되
었다

집을 보는 사람은 집을 보여주는 사람이다
마당엔 나무 한 그루가 창문 쪽에서 자라고 있었다
옛날 나무가

여름잠

아주 열린 문. 도무지 닫히지 않는 문.

나는 자꾸 녹이 슬고 뒤틀려 맞추려 해도 맞춰지지 않았던 내 방 문틀을 생각하게 돼. 아무리 닫아도 안이 훤히 보이는 방. 작은 조각의 침묵도 허락되지 않던 시간으로 돌아가게 된다. 아주 사적인 시간으로 들어가게 된다. 그러나 그러고 싶지 않아서.

네 문을 닫아보려고 했어. 가까이 가면 닫을 수 있을 거라고 생각했는데. 자꾸만 비틀어진 틈으로 얼굴을 밀어넣고, 안에 무엇이 있는지 보게 되었어. 안에는 아무것도 없었다. 네가 가진 것은 모두 문밖에 나와 있었고, 나는 그게 믿어지지 않아서 믿지 않으려 했다.

춥고 서러울 때. 꿀 병에 담긴 벌집 조각을 입안에 넣었을 때. 달콤하고 따듯했어. 꿀이 다 녹고 벌집도 녹았다. 아무것도 남지 않을 거라 생각했는데. 다 녹아도 더는 녹지 않고 남아 있는 것이 있는 거야. 하얗고 끈끈한 껌 같은 것이. 그런 밀랍으로 만든 문. 네가 가진 문은 그런 것 같다.

책상 위에 놓여 있는 검은 돌. 네가 준 돌을 볼 때마다 단것이 떠올라. 돌은 겹겹이 쌓인 문이고, 돌 안에 켜질 초를 생각한다. 내내 초를 켜려는 사람이 있었다. 초를 켜면 문이 다 녹는데, 자꾸만 그것을 하려는 너에게. 나는 조언을 해. 그건 다 내게 하는 말이야. 모두 나 자신에게 하는 말들뿐이다. 마음에 담아두지 마.

잠시 죽었다가 깨어나는 삶과 죽었다가 잠시 깨어나는

삶. 둘 중 무엇을 선택하겠냐고 물었다. 나는 죽었다가 잠시 깨어나 있는 것이면 좋겠다. 어디서부터 시작이고 어디까지가 끝인지 알 수 없어서 자꾸 깨어나는 것 같아. 마지막 인사는 마지막에 하는 인사가 아니라 마지막이 올 때까지 하는 인사일까.

따뜻한 물로 손을 씻을 때마다 네 생각이 난다. 이름 붙일 수 없는 일들은 마음에 오래 남는다고 하더라.

안녕, 잘 지내. 여름을 잘 보내.

공의 산책

나는 둥글게 부러진 것 같다
삐뚤빼뚤하게 그려진 공의 형태로

잘 자, 인사하고 뒤돌아서서
가장 멀고 깊은 무채색의 벽 앞까지 간다

오후에는 계단을 보고 구멍을 보고 노을을 본다
하수구를 보고 매끈한 돌을 보고 솔방울을 만진다

같은 것을 보는데 너는

포클레인이 지나가고 경찰서엔 경찰차와 경찰관이 있고
지게차가 멈춰 있고 지하철로 내려가는 계단이 보이고

구급차를 보지 않은 날이 하루도 없어서
아픈 사람을 생각하게 된다

모르는 곳에 떨어져 깨어났을 때
주위를 둘러보면 온통 처음 보는 것뿐일 텐데

나는 다시 태어난 것도 아닌데
처음 눈을 뜬 외계 동물의 어리둥절함으로
매일 아침 깨어나고

아무도 듣지 못하는 소리로
말하고

높이 자란 나무 옆 큰 돌은
밖으로 나오지도 들어가지도 않는다

가끔은 좋아하는 것을 멀리 던진다
던져서 떨어지면 망가지는 것을 알면서도
떨어질 수 없는 곳까지 던져보려고

어둠을 접어서 옆에 두면 잠이 잘 온다
나는 작게 더 작게 접는다
접을 수 없을 때까지 접는다

지정석

왜 그냥 넘어가지지가 않을까

귤을 만지작거리면
껍질의 두께를 알 수 있듯이

혀를 굴려보면
말의 두께도 알게 될 것만 같다

창틀엔 무수한 손
의자 모서리엔 많은 무릎이 겹쳐 있다

숨어 있는 의미를 헤아리려
애쓰는 사람이 되지는 말자고

못이 가득 쌓인 상자 안에서
휘어진 못을 골라내면서

생각한다
빗나간 망치가 내려친 곳을

두 귀를 세우고 뛰어가던 토끼가
멈춰서 뒤를 돌아보았을 때처럼

앞니가 툭
바닥으로 떨어질 것 같다

붉어진 두 눈엔 이유가 없고
나의 혼자는 자꾸 사람들과 있었다

도*

이제 깊어지지 않기로 하고

잠의 호흡과 흙
구름과 여름 곡물들

잠시 쌓였다가
흩어지고야 마는 것들의 목록을
두 손에 쥐고 있다

한목소리가 아니어도 좋다
비틀린 나무의 겨울이 끝나지 않아도 좋다

숲이 폐곡선으로 자라나
선 바깥으로 밀려나는 손

서로 견뎌야만 가능해지는 미래를
더는 쌓을 수 없다
눈동자에 들어 있는 칼을
꺼낼 수 없다

이 생각에 묶여 있다
묶여서

절벽 아래를 볼 수밖에 없으니
뿌리를 더 깊게 내릴 수밖에

새의 뼈 안이 구름으로 끓고 있다

울음이 구름과 같이
천천히 끓고 있다

* 약불로 오래오래 끓여서 충분히 다 익히는 것. 미얀마, 인도에서
쓰는 라왕어. 소수 언어이다.

겨울 해변

겨울 해변에 갔었다 파도가 밀려오고 밀려가는 것을 보았
다 여기까진 안 오는구나, 여기까진 안 와
생각하며

그러다 손발이 모두 젖는다
옆에 누가 있는지 생각해봐

모래 없는 해변
파도 없는 해변

이런 이미지는 텅 비어 있다
여기까진 오지 말자

모래 대신 파도 대신
싫은 것들로 가득차 있는 해변
얼마나 무서울까

싫은 것과 무서운 것은
어떻게 구분할까

질문이 아닌데

떨어진 칼

웅덩이를 덮은 흙탕물

무엇인지 묻지 말고
무엇을 하는지 물어야 한다고

그렇다면
무엇을 할 수 있을까

처음엔 무서워서 싫었다가
지금은 아주 싫어하게 된 것들

나열한다

너무 거짓말 같다
나열하지 말자

무서운 것을 싫은 것이라고 말할 때

어떤 사람은 해석된 채로
아무렇게나 놓여 있고

긴 겨울
겨울 해변에 가고 싶었다

서랍을 열면
모서리가 얼마나 많은지

축
—하우스 2

눈뜨면 오전엔 집을 보고
오후엔 일을 했다

이 돈으로 구할 수 없는 집이에요
오래되긴 했지만 정말 넓어요

고개를 끄덕이며
대로변에서 언덕을 한참 오르니
눈앞의 풍경이 달라져 있었다

여기 정말 목가적이죠? 이름도 목향빌라고
가격 대비 이런 집 못 구해요

현관문을 열자
아이 신발과 어른 신발이 뒤엉켜 굴러 나왔다
선택이라는 듯 신발의 방향은 제각각

아이들 짐이 많아 정리를 못했어요
여자의 말간 목소리가 따뜻하게 들려왔다

베란다를 열어볼 수 없었다
쌓여 있는 짐 때문에
그러나 베란다쯤은 열어보지 않아도 된다

넓고
정말 짐이 많고

거실 창으로 커다란 나무가 보였다
크고 오래된 나무였다 여기 사는 사람은
매일 저 나무의 다름을 보고 있었을까
나무는 달라지고 있었을까

긴 호흡을 가진
크고 오래된 나무가 내내 생각나는 건

거실에 앉아
나무를 보고 있는 사람이 나였기 때문일까
사계절 달라지는 나무를 보면서
많아지는 짐을 어쩌지 못하면서

탁자 위 흰 접시엔
정갈하게 쌓아놓은 키위
가만 보면 보였다 수염 같은 흰 곰팡이가

썩은 키위는 집에 있을 수 있다

사는 동안 벽지는 더러워진다
버려도 짐은 많아진다
생활이 있어서

자연스러워진다

사실은 놀기 위해 태어났다는 걸
잊지 않으려고 하면서*
이만큼은 살아왔다고 말할 수 있다

소매 끝은 자주 닳아버린다
깨끗이 씻은 그릇은 뒤집어놓는다

* 키키 키린의 인터뷰 일부 변용.

조도

겨울나무 끝에 매달린 열매

여름날 생선 좌판에
남아 있는 흰 빛깔의 얼음

어디쯤 온 것일까

천변을 걷다가
오리가 먹을 것을 찾기 위해
제 얼굴을 전부 물속에 집어넣는 것을 보았다

누군가에겐 전부일 수 있는
아주 작은 추

매일 반복되는 다짐이나
비약으로서만 말해질 수 있는 것
무미한 기념품들 속에서 내가 겨우 찾은 것

왜 하나의 문장이 벽돌처럼 무거워질까

나는 얼굴을 몸속에 집어넣었다
안에서 쏟아지고 안에서 흘렀다

잊고 싶은 건 언제든지 잊을 수 있다고

빛의 손가락이 아무리 휘저어도
멀쩡했다 나는

아무도 모르게 안에서
고이고 안에서 썩었다

햇빛 옮기기 ◇

흐르지 않는다
멈추지도 않는다

눈을 뜨자마자 너는
커튼 틈으로 방에 들어온 햇빛을 찾는다

크고 무거웠는데
작고 따듯해진 동그란 빛을

다 피기도 전에 지고 있는 꽃처럼
물도 물고기도 없는 어항처럼

무엇이 되려고
빛은 생겼다가 없어지고

키우던 개는 열한 살이 되면서
귀가 멀고 눈이 멀었다
착한 개는 아파도 아프다는 표현을 하지 않는다

아이는 뛰다가 넘어져도 일어나 바지를 툭툭 턴다

내게도 가능할까

알고 싶지 않은 것들만 가득해서
모래를 움켜쥐고 개천에 돌을 던지는 마음으로 서 있었다

모래보다 큰 돌을 찾아다녔다
물속으로 던지려고, 던져서
사라지는 것을 보려고

커다란 벽에 가로막혀 서 있다가 나는
벽에 기대어 누워본다

이제 나는
아픈 것만 골라 말하는 사람을 믿지 못한다

멀리 던진 돌은 먼 곳에
가라앉아 있다

가드너

얼려놓아야 할 것이 많은데
냉동실이 꽉 차 있다

방안에서 우두커니
혼자 돌아가는 냉장고 소리를
듣고 있다

냉장고 안엔
죽은 것들만 들어 있다

검은 봉지에 담겨
오랫동안 얼어 있었던 것

가장 낮은 칸엔
가장 무거운 것이 들어 있다

잠영

나는 오리발을 끼고

수면 아래
천천히 걸어

수첩엔 가져올 목록과
놓고 올 목록이 적혀 있다

물에서는 누구나 잘 걷지 못한다
물은 걷는 곳이 아니다

수면 아래 물고기 수면 아래 산호 수면 아래 모래 수면 아래 물방울 동전 수면 아래 부서진 계단 신발 끈 없는 운동화 수면 아래에 빛이 잘려 있다 어둠이 그 옆에 있다 수면 아래 음악들 귀를 찢는 들을 수 없는 수면 아래 삼켜진 것들 수면 아래 관통된 말들 누군가를 찌르고 피 흘리는 말들 너는 네가 찔린 것으로 생각하겠지만 수면 아래 차단된 밤의 시간 속에서 수면 아래 얼음 누구를 위해 가시가 자꾸만 돋아날까 찌르려고 찔리지 않으려고 아무리 생각해도 모르겠지 수면 아래 겹겹으로 쌓인 목소리 누가 내는 소리인지 누구 말이 맞는지 모르겠지 수면 아래엔 더 깊고 더 끔찍하고 더 슬픈 것이 존재할 거라는 목소리를 따라 수면 아래 있고 수면 아래 없는 것 어디까지가 바닥일까 수면 아래 물음 물음들

밖은 커다란 막으로 덮여 있다
그 막이 너무 투명해서
바깥에 무엇이 있는지 잘 보이지 않는다

반사되는 얼굴들과
반사되는 어제들

나는 다 잊어버렸다

손에 쥔 것들은
처음의 목록과 다르다

　무언가 쌓여 있는 것이 많을 것이라고 생각해서 깊고 깊
을 거라고 생각해서 알 수 없는 것들이 있다고 생각해서 파
고 파면 무언가 나올 거라고 생각해서 단정 짓고 확정하고
테두리를 견고하게 만들면서

아래로 아래로

지나온 시간은 전부 수면 아래 있다고
말하려고 했었다

발 디딜 곳

너무 깊은 곳까지 내려가느라
수면 위에 있던 내가 아주 사라져버렸다

가정방문

얼음 구덩이 속에 한 사람이
아직도 구덩이를 파고 있다

깊은 곳엔 다른 것이 있을 거야
믿고 싶은 사람의 손이
점점 더 아래로 내려간다

얼음투성이의 손을 가진
사람의 뺨은 붉고

밖에 세워진 수족관이
통째로 얼어 있다

헤엄치던 물고기들이
함께 얼어버린 것을 본다
정지된 채로 움직이고 있는
꼬리와 지느러미

한 사람은 계속해서 구덩이를 판다
다음의 다음을 만나려고

언제까지 파내려가게 될까

잠속에서는 모두가
살아 있기 위해 움직인다

여름 끝물

쓰지 못하는 것이 아니라

무중력 공간에 두 눈을 두고 온 사람처럼
무엇을 보려고 해도
마음만큼 볼 수 없어서

그렇게 두 손도 두 발도
전부 두고 온 사람으로 있다고 한다면

쓰지 않는 시간을 겪고 있다고 한다면
이해가 될까

이제 다 지나갔다고 생각했는데
한껏 울창해져서
어김없이 돌아오는 여름

불행과 고통에 대해선 웃는 얼굴로밖에 말할 수 없어서
아무 말도 하지 않기로 다짐한 사람

절반쯤 남은 물통엔 새의 날개가 녹아 있었다

걸을 때마다 여름 열매들이 발에 밟혔다
언제부터 열매라는 말에

이토록 촘촘한 가시가 들어 있었을까

다정한 얼굴
녹아버리는 것
밟히는 것

그해의 맨 나중에 나는 것

우는 사람에겐 더 큰 눈물을 선물하고 싶다
어느 것이 자신의 것인지 모르게

2부

내가 가진 것을 줄게

비생산

들어봐
이제부터 정말 중요한 이야기를 시작할 거야

중요한 이야기는 이렇게 시작되지 않는다 오히려 이렇게
시작되지 내가 어제 혼자 거실에 앉아 있는데 갑자기 생각
난 게 있어

열쇠를 돌리는 사람이 있다면
이야기는 계속될 수 있다 계속되다가 다른 이야기로 넘
어갈 수 있다

아무도 없어도 계속될 수 있다

유리 안에 든 모래 알갱이가 하나씩 떨어지면서
시간을 알게 해주듯이

                              *

빈 유리병에 깃털을 담는다

그러니까 걸어다니면서 깃털을 하나씩 줍고 있었던 거야
이건 모두 내가 지나온 길이다 그렇게 말하면서

당나귀의 꼬리에는 새빨간 깃털 당나귀는 꼬리털을 보
여주고 싶지 않다 꼬리털이 새빨간 게 중요한 건 아니니까

당나귀는 이제 꼬리를 어떻게 할까
유리병이 붉은 깃털로 다 채워질 때까지
내가 궁금한 것은 그것

*

그것은 넘어지는 것을 가능하게 만든다

끝이 아니니까

*

너는 울며불며 이야기하고 싶어졌다
모두가 주목할 수 있도록

그 순간을 참아

도려내고 싶은 말들은 언제나
참았다 한꺼번에 내뱉은 말들

아무도 주의깊게 듣지 않았으면 좋겠는데
모두 그것만 기억하지

                    *

내가 가진 것을 줄게
너는 내 얼굴을 향하여 두 손바닥을 펼치고
온 힘을 다해 준다

받는 것을 할 줄 알아?

목소리를 향하여 나는 그것을 받는다 빈 손바닥에서 빈 얼
굴로 전해지는 것을

받았다는 생각이 든다면

이건 다 테두리다

끝에 가선 다른 이야기가 될 거야

우리는 느리게 듣고 있다

매일 오늘

> 오늘은 표류할 수도 있습니다
> 어려운 일에도 도전하세요

내가 보는 별자리 운세엔
늘 비슷한 말이 적혀 있다

어려운 일이란
우는 아이를 달래줄 때의 기분

나는 불타는 머리를 가지고 있다
언제부터인지 기억나진 않는다

불타는 머리를 가지고 있다는 건
어렵다기보단 난처한 일이지

상점 안으로 들어갈 수 없다
친구와 만나 포옹할 수 없다
어디서든 먼발치에 있어야 한다

주위를 둘러보면
전부 타는 물건으로 보인다

불타는 것이 머리가 아니라 손이었다면
주머니에 넣고 다닐 수도 있었을 텐데

주머니 안은 불타겠지만
사람들에게 티나지 않을 수 있다

이건 내 생각이고
아마도 티가 날 것이다

강에 가면 마음이 편하지 않아?
매일 가야 하면 전혀 그렇지 않아

물려받은 외투와 털모자가
서랍 안에 가득하다

겨울이고
내게는 물려받은 것이 많다

껴안을 수 없게

어려운 일에 도전한다고 해도
재는 남는다

귀신 보는 사람은 귀신에 대해 이야기하지 않는다   —
귀신 보는 사람에 대해 이야기한다

썬캐처

　매일 밤 자기 전 내가 무엇이었는지 생각해. 오늘은 어떤 형체로 살았던 걸까. 표면이 거친 돌로 된 심장으로 뛰고 있던 걸까. 막다른 벽. 컵 속에서 깨진 물의 파편처럼 놓여 있었나. 도로 위 뒤집힌 검정 우산 속으로 비가 쏟아진다. 어려움이 지속된다.

　오늘 나는 어떤 발로 서 있었나. 현실에 두 발을 딛고 있다고 생각했는데. 바닥이 없다는 생각이 들었던 건 왜일까. 유리발로는 그럴 수 없었던 것이다. 단단하고 투명한 눈동자. 내일은 다른 발이 되어도 좋다. 발을 깨뜨려야 한다고 해도 좋다. 내가 어디에 서 있던 것인지는 아무도 판단할 수 없다.

　소중하게 다뤄야 해. 무엇을 소중하게 다뤄야 하는 걸까. 잠드는 일과 깨어나는 일 사이에서, 아니 깨어나는 일과 잠드는 일 사이에서. 그때 만난 모든 사람에 대해 생각해볼 수 있다. 구별해볼 수 있다. 한 뼘의 사랑과 한 발자국의 위로가 얼마나 커다랗고 깊은지.

　깨어나선 내가 무엇이 될지 생각해. 내 마음대로 되지 않는다는 걸 알고 있다. 내가 넘어가보려고 할 때, 불에 탄 자국만 남은 문틀을 보게 되겠지만. 지금 얼굴에 닿은 빛은 얼마나 먼 시간으로부터 쪼개져나온 태양의 손끝일까. 결국

닿게 되는 것이라고.

오늘은 여러 방향으로 찢어져 좀더 넓은 곳까지 펄럭이는 천. 마음도 손도 최대치로 길어져 기울어진 웅덩이까지 가닿는 끝. 듣는 사람의 두 귀는 말린 귤을 닮았다. 이제는 축적된 시간을 안다.

조율

이 줄은 누구의 것일까

유리문을 열면
흰 눈이 쌓여 있었다

눈의 처음이 늘 하얗다는 것이
말할 수 없는 참혹처럼

'무너지게 될 거야' 누군가 한 말을
'무뎌지게 될 거야'라고 들었다

뭉치가 죽었어
화장 비용이 없어서 아직
방에 같이 있어

멈추려는 숨 때문에
개의 코는 마지막까지 길어졌을 텐데
그런 개를
따뜻한 방 한가운데 놓아두고

저녁을 먹고 있는 사람의 전화
목소리가 마른 웅덩이 같다

겨울이라 땅을 파고 묻을 수도 없어
방에 같이 있어

한겨울의 가장 따뜻한 방

이 줄은 무엇으로 엮은 것일까

체에 걸러도 남는 마음 때문에
구멍을 더 촘촘하게 짜는 사람이 있고

잿더미 속에서도
눈을 뜨고 옆을 보려는 사람이 있다

개는 가장 작은 자세로
엎드려 있다

순간적

억지로 만든 표정은
얼룩덜룩하다

나는 흔적으로만
이야기할 수 있을 것 같다

왜 흔들리는 목소리를 갖게 됐을까

안에는 고요가 없어서
밖으로 흘러나오려 했다
뭉쳐 있다가 왈칵 쏟아지려 했다
계단처럼
윤곽을 가져본 적 있었던 것처럼

단단하게
바닥을 딛고 서 있는 일이 어려워
휘청거렸다

중간까지 갔다가
자주 되돌아왔다

해석자의 얼굴이 아니어도 된다고 한다면
전부를 알지 못해도 된다고 한다면

물렁해져서
다 말할 수 있을 것 같다

이제는 없는 동물에 대해
매 순간 바뀌는 날씨에 대해
간격이 없는 잠의 시간에 대해

해본 적 없는 일을 시도해볼 수도 있다
시도는 아주 작고
굴리면 굴러가는 것

구르고 구르다가 눈덩이가 된다면

부서지거나 전부 녹는다 해도
물이 되면 그만이다

주택 수리

수리가 계속된다
그게 좋은 거지

이제 사로잡혀 있지 말자

마음 없는 물
마음 없는 돌
마음 없는 손

제 몸에 딱 맞는 구덩이에 빠진 코끼리
벗어나려면 구덩이를 더 크게 파야 할 텐데

마음 없는 창문
마음 없는 구름
마음 없는 사람

나는 친구에게 말했다

책에서 읽었는데
막 태어난 아기에겐 마음이 없대
마음은 한 달 후에나 생긴대
마음이 없어도 아기는 웃고
울 수 있다

물이 샌다
수도꼭지를 고쳐야 한다

그럼 신생아실에서 일하는 사람은
없는 마음에 둘러싸여 있는 거네?

기분이 어떨까

이거 봐
창틀이 찌그러져 있어

오늘은 잠깐 기대었는데
내려앉는 싱크대

마음을 누르고 살다보면
없는 마음이 되기도 한다

지금 내 기분이 이상하다

사람이 자라는 동안 마음도 함께 자란다면
거대해진 마음 때문에 어쩔 줄 모르게 되겠지

—　　부서진 마음, 무너진 마음, 부족한 마음, 꽉 찬 마음, 쏟아
지는 마음, 넘어지는 마음, 터진 마음, 젖은 마음, 뾰족한 마
음, 여린 마음, 단단한 마음……

생각하고 또 생각했다
마음이 있다고 생각해서
그랬다

과일장수는
과일이 썩어가는 것을 볼 수밖에 없다

나는 자주 마음과 영혼을 혼동했다

그럴듯한 마음과
영혼

구체를 경험한다는 건
그럴듯한 것과 멀어지는 일

여름 동안
케이크는 자꾸 무너진다

부서지지 않고 무너지니까

—

내게도 마음이라고 부를 만한 것이 없다

키 큰 나무가 서 있는 길을 오랫동안 걸었다

벽에 물로 그린 그림이 마른다

엉망

어린 개는 달린다
신발을 물어와 방 한가운데 두고
구름을 잔뜩 풀어헤쳐놓았다

방이 엉망이군,

집에 돌아온 주인의 목소리가 닫힌 상자 같아도
개는 좋다 개는 행복하다

동그랗고 까만 눈동자
창밖을 본다 거기에 무엇이 있을까
개의 생각을 다 알지 못한다 해도
함께 산다
그것이 가능하다

둥근 배가 따듯해지는 기분으로
개의 머리를 쓰다듬으면 조금
알게 될 것만 같다

개가 주인을 닮는다는 말보다
주인이 개를 닮는다는 말이 더 좋다

잠깐 깨물었다 놓아둔 오후가

둥글게 굴러가고
산책하다 만난 새를 쫓고
주인보다 한 발 앞장서서 걷다가
시간이 흐르고 어린 개는 자란다

개는 자라서 주인의 생각을 이해한다
개는 방을 어지럽히지 않는다
개는 조용하다
개는 기다린다

시간이 다르게 흐른다
슬픈 생각을 멈출 수 없다

착한 개가 앞발에 턱을 괴고
기다리고 있을 때
모든 것이 제자리에 있을 때
개의 하루는 엉망이 되어갔다

공중제비

치우지 못하고 산다
영원히 치우지 못하고 살 수도 있다
그렇게 매일 시계를 들여다본다

아이가 의자에 오른다
온몸과 온 힘을 싣는다 의자에 올라선다
테이블 위에 오르기 위해 천장에 매달린 전등을 만져보기 위해
저것은 달도, 태양도 아니다 불이지만 불이 아니다

우리의 영혼은 너무나도 작아서
부서지지도 사라지지도 않는다

"옳다고 믿는 생각에서 자유로워지기"
책에서 본 문장에 밑줄을 긋고

큰 것과 작은 것이 무엇인지 모를 때
무엇이 크고 무엇이 작은지 물어볼 때

돌멩이와 사과
옥수수와 딸기

크고 작은

모르던 것을 알게 된다

구름보다 크고 우산보다 작은 것
눈동자보다 작고 손바닥보다 큰 것

같은 자리에 앉아 똑같은 곳을 본다 해도
정면은 달라진다

무릎이 아플 땐
무릎을 구부리지 않아야 한다고 의사가 말했다

의자에 앉을 때도 무릎을 펴고 앉으라고
가능할까 생각했는데

내년에는 일이 쏟아진다고 한다

가능하지 않을 것 같은 일이

제이콥(demo)

나는 그릇을 만드는 사람입니다. 그릇을 만들면 그릇이 쌓입니다. 쌓인 그릇에 가로막혀 있습니다. 그릇은 만들기만 하면 자꾸 쌓이고. 쌓이고 또 쌓이는데. 나는 그것을 어쩌지 못하는 사람입니다. 어쩌지 못해서 그릇만 계속 만들고 있는 사람입니다. 해가 바뀌고 있다고 하는데 알지 못했습니다. 알지 못했는데 놀랍지 않았습니다. 그릇이 바닥이라는 것을 갖게 되었을 때처럼.

사람들이 아무렇지 않게 하는 말을 나는 듣고 있습니다. 듣고 듣고 또 들었습니다. 계속 생각했습니다. 만드는 것과 듣는 것. 계속 생각하는 것. 손을 움직이는 것. 몸을 쓰는 것. 몸과 함께 가는 것. 밀고 나가는 것. 무늬를 만드는 것. 무늬의 결을 만들 때마다 떠올리게 되는 것. 저에게도 사람들이 있었습니다. 방문을 두드리는 사람들. 그릇이 쌓여서 창문을 가리고 문을 막아버렸는데. 사람들이 두드리면, 그릇들이 위태롭게 흔들렸습니다. 무섭게 흔들렸습니다. 그런데 깨지지도 않고…… 발밑의 그릇들이 눈에 밟혔습니다. 꼿꼿한 그릇들을 밟고 내가 서 있었습니다. 왜 이렇게 튼튼하게 만들었을까, 생각하면서

나는 그릇을 만드는 사람이었습니다. 지금은 어째선지 그릇은 만들지 못하고 그릇에 담을 음식만 만들고 있습니다. 나는 요리사도 아닌데 계속 음식을 만들고 있습니다. 작고 맛있는 음식을 만들었는데. 먹어보면 아무런 맛이 없었습니다. 음식에서 그릇맛이 났습니다.

폭우와 어제

우산을 건네는 사람이 있다
그게 나는 아니다

모자를 쓴 사람이 있다
그건 나였을 수도

알아들을 수 없는 말로
전할 수 없는 것을 전하려 할 때

뿌리가 깊어서
꺾이지 않는 나무구나

비는 오늘만 오는 것이 아니고
내일은 오지 않는 것도 아니어서

불투명한 얼굴

내일 또 공원에 갈 것이다
벤치에 앉아 햇볕을 쬐고
잠깐씩 어제를 생각할 것이다

어제는 구름 같고, 쟁반 같고, 빙하 같고, 비탈 같고, 녹고
있는 소금 같다. 햇빛에 투명해지는 초록 같고, 안부를 묻는

― 부케 같고, 부은 손 같다. 상한 빵 같고, 어린 개의 솜털 같
고, 바닥에 떨어진 동전 같다.

어제가 좋았는지 나빴는지
알 수 없는 기분이 되어

공원 앞 찻집에 앉으면
또 생각하게 된다

어제는 많은 일이 있었다
어제는 어제를 버릴 수 없었다

가방에 담긴 것이 무엇인지 알 수 없게
묶어둔 사람은 잊지 못하고

언제까지 착한 나무가 되어야 할까
얼마나 더 큰 나무가 되어야 할까

오늘은 기필코 가방을 열어보기로 한다
가방을 열어보려고 손잡이를 잡는다

또 손잡이를

―

이젠 다른 이야기가 하고 싶다

어제가 다 닳아서
반도 남지 않을 때까지

나누지 않고 돌보지 않고
아무도 돌아보지 않을 그런 이야기

누군가가
제멋대로 들어도 좋을 이야기
웃기지도 않을 이야기

그렇게 생각하면서

여행을 가서는 여행만 하고
돌아올 땐 돌아오기만 하고

집에서는 집에만 있었다
어제는

컨테이너

방 정리를 해야 합니다. 책상 앞에 앉으려면 책상 정리를 해야 합니다. 쌀을 씻으려면 싱크대 정리를 해야 합니다. 정리하지 못한 것은 덩어리인데. 쪼개면 쪼개집니다. 파편처럼.

쏜살같이 쓰려고 쏜살이 뭔지 생각합니다. 쏜살보다 먼저 도착하려고 했는데…… 우선은 화살을 쏘아야 했습니다. 화살을 찾을 수 없어서 내가 화살이 되어야 했습니다. 부서뜨리고 싶은 줄 알았는데 부러지고 싶었습니다. 버스는 휘어지고.

이제 휘어지는 버스를 타고 한강을 건넙니다. 휘어진 버스를 타본 사람이 됩니다. 위험합니까. 위험한 순간입니까. 그저 버스를 탔을 뿐인데…… 나중이 되어서야 알게 되는 사실이 있습니다. 그건 나중이라는 시간이 가진 재능. 알 수 없는 일들에 둘러싸여 가만히 나중을 기다리면서.

깊어지고 싶었는데…… 깊어진다는 게 커다란 공터를 만드는 일인 줄 몰랐습니다. 넓어지는 공터에 저 혼자 앉아 있는 일인 줄 몰랐습니다. 순식간에 발이 빠지는 일이라는 걸. 옆은 비워둘까요. 꽉 찬 말은 들어본 적 없으니까요. 주머니는 꽉 차 있어서 터지는 게 아닙니다. 터진 곳이 있어서 흘러내리는 겁니다.

개를 껴안고 횡단보도를 건너는 사람을 보았습니다. 사람보다 큰 개를 안았다고 씁니다. 그러면 나중엔 사람보다 큰 개를 안은 사람을 본 적 있게 되기도. 안전합니까. 최소한의 바늘 끝으로도 구멍은 메워지는데. 부서진 의자에 앉은 적 있다고 생각하면, 부서진 의자에 앉아 있던 시간을 믿게 되는데.

근처

언제 나을지 알 수가 없는데
어느 날엔가 나을 것 같다

추위가 아무것도 생각하지 못하게 할 때처럼
한여름에 느닷없이

네가 말했던 절반의 문장에 대하여
얼음처럼 부서지는 일들에 대하여

십이월에 태어난 사람들은 멍이 잘 든대
한 연구자가 말했다

이젠 모든 걸
십이월에 태어났기 때문이라고 말해도 될까

매번 깨지 말아야 할 장면에서 깨어났다
좀더 깊은 악몽에까지 가보고 싶게

안 된다고 생각했던 것들이
왜 안 되냐는 질문으로 돌아왔다

아주 근처까지 왔어

너는 지금 너를 돌보고 있구나
가만히 들여다보고 있구나

풀빛 여린 나물에
흰 쌀밥을 먹으면서

재구성

그 말을 들을 땐 눈보라를 생각했다
그치지 않는 눈보라 한가운데 서 있는
작은 사람

외투도 우산도 없이
빛도 어둠도 없이

한번 시작되면
죽을 때까지 계속해야 하는 일이 있다

말해봐

옛날 일기를 읽으면 다 생각이 나니까
읽기 싫었다

무거워서
시작을 할 수 없으니까

나는 그만 깊어지고 싶지 않아요
영원을 본 적 없어요

영원히 아름답고 영원히 믿고
영원히 사랑하는 것

무섭잖아요

모든 일기는 옛날 일기가 된다

작은 사람에게 말했다

안내받지 못하며 자란 사람은
스스로 안내자가 되어야 한다고

해본 적 없어요
말하고 나서

한번 해본다

곁에 아무도 없는
작은 사람이 보였다

쓰다 만 것과 쓰고야 만 것이
모두 남는다

그러면 그것대로
나는 나에게 안내자가 되어준다

선물

이 장면을 오래 생각했어
깊이 간직하고 있었다

물음 때문에 터져나온 울음
둥글게 쓸어주었던 것

모두 하나의 기둥에서 시작된 것이라고 말하고 싶지만
이젠 기둥 없이도 시작될 수 있다

나무는 미안하지 않다 파도는 미안하지 않다 새의 깃털은
미안하지 않다 폭우는 미안하지 않다
주먹 꽉 쥔 손 얼음은 미안하지 않다 너는 미안하다고 말
하고 있지만

중요한 게 뭘까 생각하면
울고 싶은 마음이 된다
중요한 것은 정말로 중요할까

카페에 앉아 고개를 들고 창밖을 본다
높은 건물과 창문들 그리고

실외기 실외기 실외기 실외기 실외기 실외기
 실외기 실외기 　실외기 　실외기
실외기 　　실외기 　　실외기 실외기
실외기 위에 실외기 위에 실외기 위에 실외기
실외기 　　　실외기
실외기
  　　실외기 　　실외기
  　　　　　실외기

줄을 맞춰 나란히 돌아간다
돌아가지 않는다

모두 말해야 정확하게 말한 것 같다
그러나 정확하지 않다
정확하지 않다고까지 말해야 더 정확한 것 같다

깨진 자리마다 꽃이 피는
녹슨 여름

산책을 하다보면 알게 된다
세상에 얼마나 많은 새가 우는지
흩어지는 얼굴로 나무가 흔들리고
그림자가 어떻게 닮아가는지

집으로 돌아왔을 땐 너무 많은 사람들
얼마나 함께 있었는지

하루가 이렇게 넘쳐도 될까

태양은 여지가 없고
당연한 것도 없고

낮에는 아이스크림을
기운 내, 라는 말을 선물하는 사람의 눈동자를
떠올렸다

꽝꽝 얼었다가도 금세 녹아서
부드러워지는 것을

기운 나는 아이스크림 한 숟갈

나무 옆에 새
새 옆에 그림자

너는 항상 빛을 등지고 있지만
얼굴을 들면

선명하게 검은 얼굴이었다

알아차리고 싶지 않게
슬프지 않게

꽝꽝 얼려두었던
흠결 없는 하루를 주고 싶었다

울지 않고 말하는 법

여기서부터 시작하는 거다 끝에 닿으려고 할 때

숲에서 여름까지
파도에서 마을 곁 무덤까지
울음 밑에서 발끝까지

다시 시작될 거야 끝내지 않는 사람의 쪽에서

너는 꼭짓점 잇는 일을 하고 있다 종이 위에서도 하고 들
판에서도 하고 복도 끝에서 층계참에서 도로 위에서 지하
3층에서 벽과 벽을 옥상에서 얼굴과 얼굴을 슬픔과 기쁨을

두 손을 맞대고 한 발을 세운다
무너지지 않고 서 있기 위해

오래도록 들여다본다
의미를 덧씌우지 않기 위해

네게서 얼룩진 얼굴을 보는 것은 흔한 일이다
얼룩의 무늬를 해석하는 사람이 없어서 너는 얼룩으로도
웃는 얼굴을 만들 수 있다 사람들이 지나가면
지나간 사람들을 생각한다 네가 따뜻한 발이 되어주려 하
는 것 사람들의 미래를 소원하는 것 울어주는 밤이 되고자

하는 것을 사람들이 몰라도
 네가 왜 그럴 수밖에 없는지 알지 못해도

 그래야만 했다
 다른 방식으로는 몸이 움직여지지 않았다

 얼룩은 투명해서 잘 보이지 않다가
 굳은 촛농 같아지기도 한다

 기찻길을 지날 때 잠깐 멈춰 서서 빨간불을 한참 동안 보
고 있었다 붉은 기둥으로 세워진 신사에서 향을 피웠다 끝
도 없는 계단을 오르고 내렸다 자려고 눈을 감았을 때 어
떤 얼굴도 떠오르지 않게 해달라고 빌었다 그런 밤에는 쏟
아지는 얼굴들 때문에 눈을 뜰 수 없었다 꿈에서도 입구가
없는데

 거기서부터 시작한다
 충분히 그렇게 한다

3부
점심에 만나요 환해져요

모로코식 레몬 절임

너의 안부를 전해들었다

펼치면
전부 펼쳐질 것 같았다

입구를 꽉 묶어두었던
가느다란 실이 풀릴 것만 같았다

주머니 안에 넣을 수 없었다
주머니는 자주 비워야 하고
빨래를 할 때마다 속을 뒤집어야 했으니까

멀리 있다가 가끔씩 찾아오는
한겨울의 눈처럼

녹지 않고 쌓일까봐
겨울이 계속될까봐

얇게 저민
레몬 슬라이스, 소금과 함께
병에 담아 밀봉하였다

레몬 절임에도

상온에서의 시간이 필요하다

한 달이 지나면

다 녹아 알맞게 절여진 레몬과
뒤섞인 안부를
컵에 담고 뜨거운 물을 부어
휘휘 저어볼 수 있겠지

그러면
아무렇지 않은 얼굴을 하고
마셔볼 것이다

적어도 따뜻하게 사라질 수 있게

만나서 시쓰기

　이제 내게서 저녁이 사라지고 있습니다. 나는 점심에 만나는 것이 좋아요. 점심은 견디지 않아도 됩니다. 점심은 고여 있지 않아요. 점심은 가능합니다. 앞으로도 뒤로도 갈 수 있어요. 우리는 점심에 만나요. 시를 쓰려고 만나서 시는 안 쓰고 밥을 먹고 커피를 마시고 시 이야기를 해요. 집에 가서 시를 쓰고 싶어지도록. 혼자 쓰는 기분이 들지 않도록. 어느 날엔 멍하니 각자 창밖만 보다가 헤어진 적도 있어요. 내가 하는 고민을 네가 대신하고 있구나, 나는 기다리기만 하면 되겠구나. 이런 이야기도 나누면서요. 사실 나는 무슨 이야기를 더 해야 할지 모르겠어요. 우리에 관해서요. 우리라는 말을 함부로 쓰지 말자고 했던 적도 있는데…… 우리 대신 어떤 말로 써야 할까요.

　우리는

　모르는 사람들에게 시를 나눠준 적도 있습니다. 전단지처럼 시를 뽑아 자동차 유리창에도 끼워두고, 지하철역 앞에서 나눠준 적도 있습니다. 사람들이 이게 뭐지? 하는 얼굴로 시를 받아서 가방에 넣거나, 길바닥에 내려놓았습니다. 하루는 문래동을 지나가는데 철공소 옆에 벽보처럼 붙은 친구의 시를 보기도 했어요. 시는 어디에든 갈 수 있지요? 앞으로도 뒤로도 갈 수 있지요? 음악 축제에 가서 춤을 추며 나눠주기도 했어요. 어디까지가 춤이고 어디까지가 나눠주는 일인지 모르게요. 춤을 추다가 선물을 받은 느낌이 들게요.

겨울에 우리는 각자의 시가 적힌 기다란 현수막을 들고 사람들에게 외쳤습니다. 자, 준비해 온 가위를 꺼내세요. 그리고 이제 시를 잘라서 가져가면 됩니다! 사람들이 골목에 길게 늘어서서 가위를 들고 시를 잘랐습니다. 그 시는 다 어디로 갔을까요. 누군가의 방안에, 천장에, 서랍 속에 들어 있겠죠. 어떤 사람은 화장실 문에 붙여두었습니다. 볼일을 볼 때마다 저절로 시를 읽었습니다. 그게 바로 접니다. 그리고 이사를 하며 두고 왔어요. 다른 누군가가 읽을지도 모른다고 생각하면서요.

  우리는 버려진 것을 보고도 버려진 것인지 몰라요. 누군가 두고 갔다고 생각해요. 비참과 희망은 왜 같은 얼굴을 하고 있을까요. 시 이야기만 했는데 생활을 알게 되는 것처럼요. 식물의 웃자란 줄기를 보며 잘 자라고 있다고 생각하는 것처럼요. 그러나 점심에 보면 다 달라 보여요. 점심에 만나요. 환해져요.

누군가의 현관

현관문 앞에 서서
왜 끔찍한 이야기를 일상처럼 이야기해

내가 아주 오랫동안
여자아이였을 때

모퉁이를 아무리 돌아도 숨을 곳이 없었다
어둠이 이렇게 밝다

둘 곳이 없어
문밖에 세워둔 가구처럼
오늘은 과거로 가득한 하루

실마리라고 생각해서 잡아당겼는데
더 꽁꽁 묶어버렸다

옛날 일과 만나는 순간에
내가 숨고 싶지 않았으면 좋겠는데

나를 의심하느라 시간을 밭에 쏟고 있었다

왜 무서워해서
그에게 힘을 부여하니

매일 조금씩 비틀어지는 뼈
그러니까

사람들은 비둘기를 새라고 생각하지 않는다
영혼이 이미 죽었다는 것을 생각하지 않는다

파각

"꿈에 돌아가신 일가친척이 나오면
그날은 몸을 조심해야 해"

이해가 되지 않아

산 사람의 꿈이 아니라
죽은 사람의 꿈속으로 들어가게 되었다면
그건 무서울 수 있겠지만

"쟤가 뭘 잘 모르네
아무튼 조심해야 해"

창 안으로 들어오던 빛이 녹아버린다
다 녹아도 여전히 밝아서
나의 생활은

물렁해지기까지 너무 오래

잠에도 뼈가 있어
부러지기 쉽다

병아리가 깨어나기 전에
일부러 알을 깨뜨리는 사람을 보았다

바깥에서
아주 조금 깨뜨려준다

도움의 손일까

그런 손은
미래를 예감하며 살지 않겠지

나는 부드러운 신발을 신는다
처음부터 부드러웠던 것은 아니었는데

준비된 사람이 아니라 내 발은
깨뜨리며 나간다

낡아져서 좋다

호픈

병에 걸리면 도망갔다
너는

긴 다리를 가진 짐승이 물을 먹기 위해
머리를 다 내려놓을 때까지 얼마나 걸릴까

간절한 사람들만 모여 있는 동네에선 꽃이 피지 않았다 눈
이 돌아갈 정도로
아팠다

네가 다 나을 때까지
나는 낫지 않았다

                    *

너는 지옥에 갈 거야
그래 알았어, 나는 지옥에 갈게
아니야 가지 마
나는 갈 거야
아니야 가지 마

여긴 지옥이 아니야 지옥을 흉내내는 곳이야 진짜 지옥
은 따로 있대 나는 거기에도 가볼 거야 거기에 가서 살아

볼 거야
　그러면 여기에서의 일들은 어떻게 되는 거지

　불빛은 숨어 있을 수 없는
　입구
　다른 얼굴을 보는
　눈

　잊게 되겠지

                              *

　너는
　어떤 악의도 없는 사람
　선의도 없는 사람

　좋은 뜻을 가진 많은 사람 속에서
　무엇을 해야 할지 몰라
　어리둥절하다

　그냥 걷거나
　그냥 밥을 먹고
　설거지를 하는 일

그냥 늦잠을 자고
허겁지겁 밖으로 나가는 일

어떤 악의도 없이 산다고
믿어버린다

*

옆 사람과 옆 사람 그 옆 사람
눈을 맞추지 않는 사람들과
손뼉을 친다

미래에 간다고 채비를 하면서
너는 자주 말했다
닫히지 않는 미래 때문에
사람들이 멈추질 못한다고

그러면 싸우면서
잘 싸우면서

빛나는 구두를 신고
꽃을 들고 가자

잊을 수 없다고 생각했던 많은 일들도
다 잊게 되는 곳일 테니

묵독

심장 곁에 서서
물어볼 사람이 없다

바람이 불면 흔들리면서
바람이 불지 않아도 흔들리면서

불현듯 무섭다고 말하는 사람
악의에 대해 생각하는 사람

그건 나무 안에 있는 흔들림이야

한밤중 조명가게 옆을 지나면서
빛을 보지 않을 수 없는 것처럼

말해본다
이 문장은 아주 좋은 문장이야

빛 잃은 것도 버리지 못하는 사람

너무 작은 것을
너무 많이 가지고 있다

주머니에서 줄줄 흘러나오는데

주머니를 버릴 수가 없다
잘 버려지지 않아서
단 하나의 침묵도 가지지 못한 사람

나는
쓰지 못할 것 같다
나라고밖에 쓰지 못할 것 같다

내게 말하듯이
네게 말하는 버릇

붉게 빛나는 십자가 수천 개
밤마다 빛을 뿜고 있는데

문이 닫혀 있는 줄도 모르면서

한밤중의 일들을
단편적인 것이라고 말할 수 있을까

연필을 깎는 일은
왜 뾰족해지는 일이어야 할까

잘 찢어지는 물음표의 끝을 만지며

뒤를 돌아보면 네가 앉아 있다

밝은 것은
아침에 열리고 저녁에 닫힌다

잘 버텨주었다

덧창

검정 비닐봉지 안에서 아이스크림이 녹고 있다

나는 안에 있었고

바깥에는 공사하는 사람들
무언가 짓는 사람들은 항상 그보다 큰 소리를 낸다

빈 유리컵들이 쌓여 있다

나는 버텨냈다고 말했고
친구는 버텨왔다고 말했다

깨진 유리들이 모여 손이 된다

단단한 두 손으로
버티면서 짓고 있었다

페이지 카운터

第39장

오늘부터는 비공개의 마음으로 살기로 했다. 보여줄 수
없으나 언젠가는 보여줄 수 있는 날이 온다고 생각하면서.
기울어지고 싶었다. 그때마다 똑같은 힘으로 반대쪽이 당겨
졌다. 들키고 싶지 않다. 꺾이고 잘린 것들을. 싫어한다고
말하면서 계속해서 좋아해왔던 것들을. 심각해지는 것, 가
라앉고야 마는 것들을. 더 무거운 쪽으로는 이제 가고 싶지
않은데. 더 더. 누군가 한 사람은 끊임없는 쪽으로 가야 한
다고 생각했다. 아무것도 아닌 것을 쓰고 싶었으나, 아무것
도 아닌 것을 남기지도 못하고.

바닥
막힌 구멍
꿈에서만 녹는 색

낱말카드를 가지고 있다
왜 이런 카드만 남아 있는 것일까

第40장

어쩌다 발을 헛딛고 넘어졌을까. 넘어진 날로부터 얼마나
멀어졌을까. 물을 담고 있는 손. 한 방울 한 방울 자꾸만 떨
어지는 물을 막아내지 못하는 손. 무엇을 할 수 있을까. 막
아내지 않아도 되는 거 아닐까. 물을 다 쏟아버려도 되는 거

아닐까. 밀고 밀치고 밀어내고 싶었다. 그러나 아무리 생각
해도 그렇지가 않아서.

못에 거는 무엇

무엇을 걸어야 할까. 못에 걸어도 도무지 걸리지 않는 무
엇과 걸면 못이 떨어져나가는 무게를 가진 무엇 중에서.

제41장
질문을 하면 질문이 남는다. 질문을 밀고 나가면 질문이
남는다. 질문의 질문의 질문. 어쩌면 문. 어쩌면 벽. 어쩌면
울타리. 말할 수 있을까. 어떤 페이지를 펼쳐도 다 알 수 없
고, 어떤 페이지를 넘겨도 모를 수 없는 일들 속에서. 페이
지는 낮은 담장 같고. 제 키보다 낮은 담장을 넘지 못하는
덩치 큰 코끼리의 여린 코끝. 온 힘을 다해 뻗어야 겨우 닿
는 곳. 그렇게 해야만 닿을 수 있는 곳에서. 페이지가 넘어
가고 있다. 질문만 남기면서.

제42장
지겨운 것. 징그러운 것. 끝까지 남아 있는 것.

제43장
(없음)

사과를 먹는 시간

밖에서 이렇게 흔드는데도 꿈쩍을 안 하더라
네가

그런 얼굴은 처음 봤다고
놀란 목소리로 말할 때

그때 나는 닫힌 눈동자를 닮은
코코넛 열매를 떠올렸다

맨손만으로
단단한 코코넛 열매를 들고 있는 사람의 얼굴을

안이 닫히면 밖에서도 다 보이는구나
놀란 목소리로 말하려다가

그때 나는 처음으로
죽음의 껍질을 벗기고 있었다
손이 안까지 닿는 것 같았다

동생을 먼저 보낸 엄마 곁에서
못 해준 것만 생각난다는 말 속에서

가라앉는 사과 껍질

사과를 삼키지 않고 오래도록 씹는다
투명하고 질기다

사과의 침잠은
이런 질감을 가졌구나

흔들어주는 손에선 단맛이 난다

낮에 들었던 말은
집에 오면서 다 흘리고 왔다

빵조각을 흘리듯이
새들이 다 쪼아먹게

신축

말을 하다가
한 번도 해본 적 없던 말이 튀어나왔다

무슨 뜻인지
나는 알 수 없었다

어떤 사람은 선물이라고 했고
어떤 사람은 천사의 말이라고 했다

믿지 않으면
다시 사라진다고 했다

상상해본 적 없는 나라의
인사말

만난 적도 헤어진 적도 없는
얇은 피부를 가진

갓난아이의 말

이런 말도
대화가 될 수 있을까

이건 신선한 것이야

사람들이 내 손을 꼭 잡으며
지켜야 한다고 했다
사라지게 하면 안 된다고

지킨다는 건
자라고 싶은 나무의 심정을 갖는 것

뿌리를 뻗으려고 하는 곳마다
전부 썩어 있어서
뻗은 발을 거둬야 했는데

다시 말해볼 용기가 생기지 않았다
지키지 못해서

이제 내가 모르는 말로는
아무 말도 할 수 없게 될까봐

무슨 뜻인지 모르는 말은
입 밖으로 꺼낼 수 없게 될까봐

유월

여름이 전부 오기 전에
생각한다
지나간 여름에 대해

이제 지나갔다고

여름을 잘 아는 사람들에겐
한 번도 이야기한 적 없다

열린 문틈을 보며
무엇을 견뎌야 했는지

땀방울이 바닥을 뚫거나
햇볕이 정수리로 내리쬐거나

여름은 사라진 적 없이
여름은 아무것도 아니게 되었다

장마에 떠내려간 모자처럼
이제 다 끝났다는 얼굴들

얼음이 녹기 전에
딱딱 깨물었다

이번 여름은 정말 미쳤어
여름이 미쳤다니 그게 무슨 말이야

날벌레가 작게 찢어졌다
가로로 세로로

나는 미친 사람처럼
묻고 또 물었다

내가 찾는 단어

넘어질 땐 꼭 약한 쪽으로 넘어지는 법이라던데
나는 자꾸 코로 넘어져

코로부터 넘친 코*
떠오르는 것을 바로 말해버린다면

손끝으로 잘 만져지기도 해
바닥에서 파인 자국을 찾을 때처럼

계단에는 쓰여 있었다
"걸려 넘어지지 않게 조심하세요"

너는 자주 이마가 빨개
울지도 않고

꼭 쥘 수 없는
작은 나사못에 솔기가 다 뜯어진다

그냥 넘어지는 게 아니구나
뭐에 걸려 넘어지는 거지

그게 뭔지 잘 생각해봐
네 발일 수도 있잖아

그래도
약함이 악함이 되지 않도록 하자,
다짐을 한다

모래를 발로 다지는 기분으로
엉망으로

흩날리는 빗방울

강물이 거세게 흐른다
잘 다져진 강물

* 김행숙, 「해변의 얼굴」(『이별의 능력』, 문학과지성사, 2007)에서.

계속

선생님 제 영혼은 나무예요
제 꿈은 언젠가 나무가 되는 것이에요

아이가 퉁퉁 부은 얼굴로
주저앉아 있다가

일어나 교실 밖으로 나간다

영혼이란 말은 언제부터 있어서
너는 나무의 영혼이 되어버렸나

영혼은 그림자보다 흐리고
영혼은 생활이 없고
영혼은 떠도는 것에 지쳤다
영혼은 다정한 말이 듣고 싶다
영혼은 무너지는 집 아래 깔린 나무의 몸통
영혼은 자라서
영혼은 벗어날 수 있는 곳
영혼은 찢고 부서지고 아물면서
영혼은 있다

나무의 영혼은 의자가 된 날에도
의자의 영혼이 될 수 없어서

영혼의 삶이란 한번 정해지면 어쩔 수가 없는 것인가
생각했다 나무였다가 의자였다가
살았다가 죽었다가 그럴 수가 없어서
오늘도 나무의 영혼은 막연하게 앉아 있다

막연하게 책상 앞에
앉아서 있다

펭귄의 발등 위에 놓인 고요한 알처럼
눈동자를 오롯하게 뜨고 살다보면
나무의 영혼은 나무의 영혼으로서
자라고
겨울을 나고
배부르고
밤을 따뜻하게 보낼 수 있게 된다
죽은 사람을 보지 않아도 된다

그렇게 될 거야
말할 수 없어서

나무의 영혼도 아닌 나는
의자처럼 침묵처럼
곁에 놓여 있었다

햇빛 옮기기

식물을 고를 땐 그림자를 보고 고른다
주머니에 든 것은 무엇이든 밖으로 꺼낸다

안 된다고 말했던 것을 반복하는 건 자연스러운 일이라
는데
나는 안 된다고 말하는 것을 그만두고 싶다

놀이터에서 놀던 아이는 자꾸만 무섭다고 말한다
무서워 무서워서

물크러지는 열매
흔들리는 커다란 나무

우리는 빛 밟기 놀이를 했다 밟으면
빛이 발등 위로 올라왔다

낮에도 창밖을 보며 달을 찾았다
낮에는 달을 볼 수 없다는 것을 이해할 수 없다는 듯이

어떤 날은 아무리 세게 불어도
케이크의 초가 꺼지지 않았다

인과를 알 수 없는 일이

세상에는 아주 많다

무서운 것 앞에서
한 번쯤 무섭다고 말해본 저녁

빛은 두 사람의 몫만큼 밝고
한 사람의 몫만큼 어두웠다

사운드북

노래는 후렴부터 시작합니다

후렴에는 가사가 없어요
사랑 노래입니다

노래를 듣는 사람들에게
하고 싶은 말이 많았는데

모르겠어요 잘하고 있는 건지
마지막에 했던 말을 자꾸 번복합니다

주소도 없이
손에서 손으로 전해지는 엽서도 있습니다

모든 일은 동시다발적으로 벌어지고
나는 궁금합니다

꽃병에 담긴 물은
언제부터 썩을까

믿음을 강조하던 사람이
귀퉁이에 써놓은 작은 메모를 볼 때마다 알게 됩니다
그가 무엇을 염려하는지

꽃은 식탁 위에 뒀습니다
활짝 핀 꽃은 마르면서 작은 꽃으로 자랍니다

말린 꽃의 온도로
깨진 조각을 공들여 붙인 그릇의 모양으로
오늘도 웃게 됩니다

어느 날엔
웃음을 멈추지 못하는 사람을 보았습니다

긴 울음은 이해가 되는데 긴 웃음은
무서워서

이 꿈이 빨리 깨기를 간절히 바랐습니다

왜 슬픔이 아니라 공포일까

이해는 젖은 신발을 신고
신발이 다시 마를 때까지 달리는 것이어서

웃음은 슬프고 따듯한 물 한 모금을
끝까지 머금고 있는 것이어서

깨어난 나는
웃는 얼굴을 잊을 수가 없었습니다

다음 페이지를 열고
버튼을 누르면 노래가 나와요

사랑 노래입니다

그냥 배울 수는 없고요
보고 배워야 가능합니다

저는 많이 보고 있어요

해설

이름 붙이지 못하는 있음

김나영 (문학평론가)

0.

  안미옥의 이번 시집은 말 그대로 '집'이라는 공간에 대한
여러 방면에서의 시적 탐색이라고 할 만하다. '하우스' '가
정방문' '주택 수리' '누군가의 현관' '신축' 같은 제목에서
도 분명하게 드러나듯 그에게 집은 네 개의 벽과 천장과 바
닥으로 구성된 육면체의 물리적 공간의 의미를 갖는 동시
에 그 공간을 채우거나 비워내는 시간의 변화까지를 포함
하는 말이다. 이번 시집을 거듭 읽으며 시를 읽는 일은 한
편으론 누군가의 공간을 방문하는 일과 같다고 생각했다.
누군가의 공간에 침입하는 경험을 떠올려보자. 낯선 냄새
와 익숙하지 않은 조도, 의미를 알 수 없는 사물들의 배치
속으로 틈입할 때를 말이다. 밝든 어둡든, 차갑든 따뜻하든
낯선 공간은 우선 우리를 위축시킨다. 조금은 불안하고 조
금은 마비되는 듯하다. 하지만 이내 우리 자신 역시 그 공간
의 일부가 되기에 그곳에서 벗어나지 않는 한 '거기에 있다'
는 사실을 쉽게 망각한다. 달리 말해 우리는 자기 자신을 보
호하기 위해 낯선 어딘가에 적응하고 역설적이게도 그런 적
응을 계기로 공간에 잠식당한 채 자신을 잃기도 한다. 우리
의 감각기관은 낯선 냄새와 빛과 형태들에, 익숙하지 않은
소요로 가득한 공간에 맞춰 스스로를 재빨리 조정하기 때
문이다. 공간은 '나'를 있게 하는 동시에 (이전의) '나'를 있
지 않도록 한다. 안미옥의 이번 시집은 이러한 의미의 '집'

을 경험하게 한다.

그런 경험은 '나'를 '있다'고 말할 수 있게 하는 그 공간과 '나'가 분리되지 않는다는 점을 전제로 한다. 안미옥의 시에서 '나'의 변화와 공간의 변화는 비유적인 차원에서뿐만 아니라 현실의 차원에서 그 궤를 같이한다. 현실적인 필요에 의해 비워지거나 채워지는 공간의 변화는 '나'의 사유와 감각, 심지어 순간적으로 변화하는 기분을 좌우하며 궁극적으로는 '나'의 세계를 재구성시킨다.

이처럼 삶을 공간적으로 사유할 때 시가 그려 보여주는 세계의 차원은 달라진다. 대개 그러하듯 삶을 시간적으로 사유할 때 삶은 발전과 성장과 성숙이라는 목표를 지향하게 된다. 좌절하고 실패해서 갔던 길을 되돌아오더라도 과거와 현재를 딛고 미래를 지향하는 삶에서 그런 경우는 예외적으로 치부된다. 더 안정적인 일상의 과정을 수행하고, 성실하지 않음을 죄악시하며 시간표에 맞춰진 삶을 살아내는 데 급급한 사람들에게 안미옥의 시는 다른 삶 자체가 아니라 삶을 다르게 사유하고 감각하는 방식을 제시한다.

이렇게 안미옥의 이번 시집은 삶을 공간적으로 사유하는 예시다. 이 삶은 언제나 누군가와 공존하고, 함께 있는 이와 모든 것을 공유하고, 정리와 분리의 필요에 시달리고, 나누어지지 않는 것들을 감당하며, 언제나 그 모든 것으로부터 벗어나고자 하는 마음을 품고, 그 마음조차 분실한 채로 생활을 지속하다 문득 서랍을 열거나 주머니를 뒤집었을 때

발견하게 된다. 삶은 '나'가 속한 곳이자 자신을 가둔 곳이다. 이곳은 출구를 열고 거듭 되돌아오게 되는 자리이다.

집과 같은 공간으로서 삶을 사유하고 감각할 때 저마다의 삶은 지극히 사적이면서도 보편적으로 말해질 무엇이 된다. 개인과 가족의 내밀한 역사를 담고 있다는 관념적인 이해와는 다르게 집은 우선 물리적으로 일정한 구조와 구획을 갖고 있는 공간이다. 사람들은 집을 자신의 필요에 따라 분할하기보다 주어진 벽과 문에 맞춰서 움직인다. 공간에 머무는 시간이 누적될수록 구조와 구획은 좀더 세밀하게 나눠지기도 하지만 그 역시 주어진 한계를 삶이 벗어나기는 어려우며 그 안에서 리모델링되는 게 최선이라는 것을 증명한다. 다음으로, 집에는 안팎이 있다는 새삼스러운 사실을 짚어볼 수 있다. 당연하게도 삶 역시 외부적인 관점으로 보는 경우와 내면에서 성찰하는 경우에 전혀 다른 장소가 된다. 마지막으로, 한번 지어지면 움직이지 않는 집처럼 삶 또한 그렇다. 세월이 흘러, 혹은 특정 충격에 무너지는 한이 있더라도 그것은 평생을 부동한 채 그 자리를 지킨다. 삶을 집처럼 공간화해서 감각하고 사유하는 방법은 이번 시집에 실린 안미옥의 시를 읽는 데 필수적인 관점이자 태도다. 이제 이 집으로 들어가보자.

1.

얼음의 살갗을 가진 얼굴도 있다
녹아 흐르면서 시작되는 삶도 있다

아이에게 심부름을 시키고
도망치듯 사라져야 하는 사람도 있다

나무 탁자에 생긴
아주 작은 홈

(······)

다음에 다시 만나,
그 말이 듣고 싶었다

왔다가 사라지고 왔다가 사라지는
창밖에
다 녹을 만큼만 눈이 내렸다

빛도 어둠도 없이
막아서는 것이 아무것도 없는데
　　　　　　　　　　　—「홈」 부분(밑줄 인용자)

"있다"는 진술이 반복된다. 그것은 '~도'라는 보조사의 동반을 통해 하나의 자리에 누적되는 어떤 "얼굴"과 "삶"과 "사람"이 서로 다르지 않아 하나로 아우를 수 있는 것들이며, 내밀하게는 이 말을 하는 사람에게 있어서만큼은 모종의 용서나 허가를 수반하는 대상들이라는 것을 짐작케 한다. 다시 말해 저 얼굴과 삶과 사람은 그것을 떠올리고 말하는 사람에게 있어서만큼은 서로 다르지 않은 하나의 대상이다. 그들은 전적으로 화자의 진술("~도 있다")에 의해서 존재하는데, 그렇게 차갑고 사로잡히지 않으며 도망치듯 사라지는 그것들을 화자는 있는 그대로 수긍한다.

　이해나 화해와는 무관한 방식으로, 낱낱으로, 일종의 거리감을 가진 채로, 모호하게 존재하던 대상들은 화자가 바라보는 "나무 탁자에 생긴/ 아주 작은 홈"으로 수렴되면서 비로소 '있음'의 자리를 확보하게 된다. 그러니까 이런 것. 오랫동안 아무리 생각해도 이해되지 않는 사람이나 사건이 있어 그것만 떠올리면 언제나 완벽하게 해결하지 못한 짐을 지고 있는 것처럼 불편했는데, 우연히 마주하게 된 사소한 계기로 한순간에 그 짐을 내려놓게 되는 기이한 경험 같은 것. 나무 탁자에 생긴 아주 작은 홈은 유심히 들여다보지 않으면 발견하지 못했을 수도 있고, 또한 이미 지나간 어떤 힘의 흔적을 되짚어 사유하지 않으면 아무 의미를 갖지 않았을 수도 있다. 하지만 화자는 탁자 위의 작은 홈에 마음을 기울이고, '그것이 거기에 있음'을 증언한다.

'모든 것에는 다 이유가 있다'는 관용이 지닌 무의미에서 '있다'라는 동사에 주목함으로써 새로운 의미를 길어올리는 안미옥 시의 시적 주제는 이처럼 예민하고도 사려 깊은 감각의 발동이 자기 존재를 포함한 세계의 '있음'으로 연결되는 방식을 보여준다. 나무 탁자 위의 작은 '흠'은 그것을 발견한 '나'의 역사를 포괄하는 넓고 깊은 공간으로 확장된다.

때문에 안미옥의 시는 분명히 무언가가 있지만 그것이 있다는 것을 부정하고자 하는 마음을 동반하는 '있음'에 특히 주목한다. 한편으로는 흠이라고 할 만한 탁자의 홈처럼, 없다고 치부하기 어려운 있음에 대한 관찰은 이런 장면으로 나타난다.

아주 열린 문. 도무지 닫히지 않는 문.

나는 자꾸 녹이 슬고 뒤틀려 맞추려 해도 맞춰지지 않았던 내 방 문틀을 생각하게 돼. 아무리 닫아도 안이 훤히 보이는 방. 작은 조각의 침묵도 허락되지 않던 시간으로 돌아가게 된다. 아주 사적인 시간으로 들어가게 된다. 그러나 그러고 싶지 않아서.

네 문을 닫아보려고 했어. 가까이 가면 닫을 수 있을 거라고 생각했는데. 자꾸만 비틀어진 틈으로 얼굴을 밀어넣고, 안에 무엇이 있는지 보게 되었어. 안에는 아무것도 없었다. 네가 가진 것은 모두 문밖에 나와 있었고, 나는 그게 믿어지지 않아서 믿지 않으려 했다.

춥고 서러울 때. 꿀 병에 담긴 벌집 조각을 입안에 넣
었을 때. 달콤하고 따뜻했어. 꿀이 다 녹고 벌집도 녹았
다. 아무것도 남지 않을 거라 생각했는데. 다 녹아도 더
는 녹지 않고 남아 있는 것이 있는 거야. 하얗고 끈끈한
껌 같은 것이. 그런 밀랍으로 만든 문. 네가 가진 문은 그
런 것 같다.

—「여름잠」 부분

'나'는 있음을 이해하려 하기보다는 그것을 충분히 감각하
는 일에 몰두한다. 얼굴을 밀어넣어 있음을 보고, 있음을 입
속에 넣어보기도 한다. 하지만 그러한 시도는 '너'라는, '나'
와는 전혀 다른 존재를 있는 그대로 인정하고 수긍하기 위해
서라기보다 '나'의 있음을 확인하고자 하는 마음의 발현처럼
보인다. '나'는 아무리 노력해도 완전히 닫히지 않는 '나'의
방문을 떠올리며, 너의 문을 본다. 마치 지금의 이 문을 자유
롭게 여닫을 수 있으면 이전의 그 문 또한 그렇게 할 수 있다
고 여기듯이. 하지만 "달콤하고 따뜻"한 이 문에도 "녹이 슬
고 뒤틀"린 그 문처럼 어쩌지 못하는 부분("더는 녹지 않고
남아 있는 것")이 있다.

물론 밀랍을 녹일 방도가 아예 없지는 않을 것이다. 다시
입밖으로 꺼내어 그것에 더 높은 온도와 강한 힘을 가한다
면 다 녹아 사라졌다고 할 만한 상태가 될지도 모른다. 하지

만 안미옥 시의 관점은 상상과 실재 사이에서 어느 한쪽으로 더 치우치지 않도록 균형추를 내장하는 듯하다. "작은 조각" 하나까지도 있다고 말하는 사실의 세계와 어느 정도는 없다고 말하기도 하는("다 녹아도 더는 녹지 않고 남아 있는 것이 있는 거야") 또다른 사실의 세계 사이에서 '있음'을 증명하는 것이 이번 시집에서 안미옥 시가 주력하는 일이기도 하므로. 완벽하게 닫히는 문과 열리는 문 사이에서 닫히지만 부분적으로는 열린, 열리지만 부분적으로는 닫힌 문을 그리는 '나'는 어떻게 존재하는가. 이것은 집과 방으로 구성되는 모든 삶에 공통적으로 적용되는 질문일 수도 있다. 당신은 세계로부터 자신을 완벽하게 차단하는 문을 가졌는가. 안미옥 시의 '나'는 자신의 있음을 확인하기 위해 이곳과 저곳이 아닌, 이곳과 저곳을 나누는 문을 보고 있다. 그 문을 발견하는 일이 곧 시를 쓰는 이유인 듯이.

매일 저 나무의 다름을 보고 있었을까
나무는 달라지고 있었을까

긴 호흡을 가진
크고 오래된 나무가 내내 생각나는 건

거실에 앉아
나무를 보고 있는 사람이 나였기 때문일까

사계절 달라지는 나무를 보면서
많아지는 짐을 어쩌지 못하면서

탁자 위 흰 접시엔
정갈하게 쌓아놓은 키위
가만 보면 보였다 수염 같은 흰 곰팡이가

썩은 키위는 집에 있을 수 있다

사는 동안 벽지는 더러워진다
버려도 짐은 많아진다
생활이 있어서

—「축—하우스 2」 부분

   이사를 앞두고 집을 보러 다닌 경험은 누구에게나 있을 법
한 흔한 일이지만, 때로는 강렬한 인상을 남기는 사건이기
도 하다. "가만 보면 보였다"고 말해질 일들이 그 짧은 시
간 동안에 쌓이기도 한다. 그것을 "생활이 있"음에 관한 발
견이라고 할 수 있겠다. 한여름에는 어디서든 깨끗이 씻어
둔 과일도 금방 상하듯이 어느 집에서든 벽지는 더러워지
고 짐은 늘어난다. 과일의 종류, 과일을 보관하거나 먹는 방
법, 벽지에 생긴 얼룩의 빛깔과 모양, 집의 종류와 용도는
사람마다 다르겠지만 그러한 것들의 '있음', 즉 생활이라 할

만한 것은 너무나 보편적이어서 새삼스럽게 발견하는 것일
수 있겠다.

　때문에 처음 방문한 누군가의 집에서 본 사소한 '다름'들
과 거실에서 마주한 "크고 오래된 나무"는 일정하게 있지
않는 것들을 화자가 자연스럽게 받아들이게 하는 계기가 된
다. 살아가는 일은 매 순간 나와 다른 것들, 내 마음 같지 않
은 것들을 수긍하는 일이기도 하다는 발견이라고 할 수도
있겠다. 무언가를 이해하기 때문에 화해할 수 있는 게 아니
라 이해할 수 없기 때문에 그것의 있음을 그대로 받아들이
게 되는 경험은 낯선 이의 생활이 고인 듯한 공간에서 마주
한 모종의 익숙함("거실에 앉아/ 나무를 보고 있는 사람이
나였기 때문일까")을 통과하여 "있을 수 있다"는 남다른 발
견으로 기록된다.

　2.

　한편으로 이번 시집에서 '나'는 '나무'를 거듭 보고 생각
하고 기억한다. '나'에게 나무는 어떻게 있는가. 나무는 마
치 '나'의 분신처럼, 혹은 객관적 상관물처럼 시의 곳곳에
심겨 있다. "한없이 한없이 한없이" 피가 도는 온몸과 "끝
없이 끝없이 끝없이" 계속되는 나무는 안미옥의 시에서 서
로 닮은꼴이다. 반복으로써 계속되는 것이 나와 나무의 공

— 통점이다.

　　말에도 체온이 있다면
　　온몸에 꽉 채우고 싶은 말이 있다

　　다 담지 못할 것을 알면서

　　어둠은 깊이를 색으로 가지고 있다
　　더 깊은 색이 되기 위해

　　끝없이 끝없이 끝없이
　　계속되는 나무

　　한없이 한없이 한없이
　　돌아가는 피

　　궤도를 잃어버린 것 같았는데

　　이 집은 너무 작아서
　　죽어가는 소리도 다 들린다
　　　　　　　　　　　　　　　—「론도」 부분

　그런 반복과 계속에 대한 관심과 집중은 나무가 자라고 피가 도는 소리까지도 듣는, 살아 있음에 대한 민감한 포착으로 이어진다. 그러므로 안미옥 시의 중요한 질문 중 하나는 살아 있는 것을 어떻게 증명하거나 확인할 수 있을까이다. 수백수천 년 한자리에 머물러 있는 나무의 생을 어떻게 설명할 수 있을까. 흔히 그러하듯 생물로서의 나무의 생장에만 집중해서는 긴 시간 동안의 반복과 계속을 감히 짐작하기 어렵다. 몰이해에 가까운 지난한 생의 반복과 계속을 들여다보는 마음은 죽음을 포착하고 있기 때문이다. 그 마음은 수십 년을 수백 개월로, 다시 수만 일과 수천만 시간으로 당겨본다. 거기에는 나무의 나이테처럼 잠시나마 생장이 중지됐음을 의미하는 어두운 색의 경계가 있다. 그 단절의 지점들이야말로 반복과 계속을 가능하게 하는, 생을 지속하게 하는 죽음의 자리라는 것을 발견함으로써 자기 자리를 이탈한 것 같았던, 혹은 존재의 목적을 상실한 것 같았던 마음 또한 살아 있는 심장처럼 생동한다.

프랑스에서 생겨난 빠르고 경쾌한 춤곡인 론도(rondo)는 지구가 자전하며 태양 주위를 도는 태양계의 궤도와 겹쳐지면서 안미옥 시가 발견하는 마음의 자리가 핵심적이고 국소적인 지점에서부터 얼마나 광범위하게 확장되는지를 암시한다. '나'와 나무와 "너무 작아서" 다 들리는 "죽어가는 소리"는 아울러 "이 집"이라고 부를 만하다. '나'는 반복하고 계속되는 생의 특성을 '이 집'으로 공간화하면서 "다 담지 못할 것을 알면서"도 채우려는 욕망의 발현을 통해 생이 지속되는 방식을 이해해보려는 것이다.

덧붙이자면 합창과 독창이 번갈아 되풀이되는, 또한 같은 주제가 반복되는 동안에 다른 요소들이 삽입되는 론도의 특징은 지속에는 단절의 지점이 필요하다는 것을 보여주는 구성의 형식이다. 여럿의 목소리가 다채롭게 어우러지다가 문득 누군가의 목소리만이 단조롭게 들려올 때 우리는 그 낙차에서 시간의 두께를 감각하게 된다. 우리의 경험 속에서 겹이 많고 적은 순간들이 반복되면서 시간의 지속을 알게 된다고 달리 말할 수도 있겠다. 인체와 악기의 형태를 중첩시켜서 음악적 운율을 시각화하였다는 평가를 받는, 김환기 작가가 1938년에 제작한 동명의 작품을 떠올려볼 수도 있다. 분리와 중첩, 단절과 지속으로, 너무나 사소해서 너무나 거대한 생의 박동 내지는 리듬을 표현하는 이 시는 음악과도, 그림과도 겹쳐져 있다. 이처럼 단절을 포괄하는 지속을 공간적으로 포착하는 안미옥 시의 '나'들은 '나무'가 되고 피톨이나 귓속말처럼 '너무' 작은 소리가 되어 우주와 같은 '이 집'을 채우고 있다.

안미옥 시의 반복과 계속은 과격함을 지양하는 방식을 추구한다. 이를테면 "잠의 호흡"처럼, 여름 하늘과 대지에서 서서히 부풀며 생겨났다 사라지는 것들처럼. 시인의 추구는 울음을 품은 간절한 기도처럼 보이기도 한다("이제 깊어지지 않기로 하고""울음이 구름과 같이/ 천천히 끓고 있다", 「도」). 이러한 온도와 속도는 어쩌면 여름날의 소나기

처럼 한바탕 맹렬함이 지나간 다음에 갖게 된 태도일지도
모르겠다.

영혼이란 말은 언제부터 있어서
너는 나무의 영혼이 되어버렸나

영혼은 그림자보다 흐리고
영혼은 생활이 없고
영혼은 떠도는 것에 지쳤다
영혼은 다정한 말이 듣고 싶다
영혼은 무너지는 집 아래 깔린 나무의 몸통
영혼은 자라서
영혼은 벗어날 수 있는 곳
영혼은 찢고 부서지고 아물면서
영혼은 있다

나무의 영혼은 의자가 된 날에도
의자의 영혼이 될 수 없어서
영혼의 삶이란 한번 정해지면 어쩔 수가 없는 것인가
생각했다 나무였다가 의자였다가
살았다가 죽었다가 그럴 수가 없어서
오늘도 나무의 영혼은 막연하게 앉아 있다

막연하게 책상 앞에
앉아서 있다

—「계속」 부분

  아마도 뚜렷한 자기 확신 없이, 생활이라고 할 만한 안정된 삶의 기반 없이 '나'는 오랜 시간 떠돌며 지쳤을 것이다. 그 와중에 '나'에게 필요한 것은 "다정한 말"이었지만 기대나 희망은 "무너지는 집"과 그 아래 깔린 "나무의 몸통"처럼 속수무책의 절망과 무능으로 이어졌을 것이다. 결국 '나'는 "찢고 부서지고 아물면서", 죽음과 같은 고통의 시간을 반복적으로 감내하면서 삶을 지속했을 것이다. 그 삶을 "계속"하면서 '나'는 무엇보다 "영혼"이라 불릴 만한 것을 발견했을 것이다.

  있지만 없는 듯이 있는 '나'는 의자처럼 죽은 나무를 떠올리게 한다. 나무는 살아 있고 의자는 살아 있지 않다. 하지만 책상 앞에서라면 나무의 정수를 가장 잘 담고 있는 것이 나무로 만든 의자이므로 '나'는 의자에, "책상 앞에/ 앉아서 있다"고 말하며 자신의 있음, 자기 영혼을 생각한다. 영혼이라는 심지까지 파고들며 자기 존재를 탐문하는 '나'는 결국 지금 여기의 '나'를 벗어나고자 하는 '나'이기도 하다. 권태와 갈증이 '나'로 하여금 '나'를 벗어나도록 추동한다. 안미옥 시의 '나'는 과격한 변모보다는 눈에 띄지 않을 정도로 조금씩 천천히 달라지기를 도모한다. 어제와 오늘이 다르지 않은 듯한 생활처럼 지난한 반복과 계속을 추구하면서 안미옥의 시는 궁극적으로 '나'의 생활과 쓰기를 합쳐두는 자리에 이르고자 한다.

3.

생활의 차원에서 놓칠 수 없는 중요한 지점에 '아이'와 '돌보는 주체'의 관계가 그려진 장면들이 있다. 안미옥의 시적 주체는 집으로 공간화된 시간을 거듭 지나오면서 무감해진 생활의 표면 아래 뭉근하게 끓어 변화하는 것들을 포착하고, '있음'을 최선으로 증명하는 쓰기를 계속한다. 그 쓰기가 자기 세계의 확인이라면 안미옥의 시는 여기서 더 나아가 세계가 '아이'의 등장으로 인해 거듭 "수리"되는 것까지를 보여준다.

미끄럼틀을 거꾸로 오른다
내려오던 아이가 잡아준다고 손을 내밀었다
손과 발에 힘을 더 주어 내민 손까지 올라갔다

(……)

나는 아주 커다란 비눗방울을 만든다

터트리려고
아이들이 모였다가 흩어진다
                                        —「선량」부분

  경험해보지 않으면 알 수 없는, 이 세계 너머의 세계가 있
다. 가령 미끄럼틀을 거꾸로 오르는 성인에게 손을 내미는
아이의 순진무구는 힘의 우위를 계산하여 도움과 배려를 결
정하는 이 세계의 논리를 한순간 무력하게 만들면서 '나'에
게 전에 없던 힘을 발휘하게 한다("손과 발에 힘을 더 주어
내민 손까지 올라갔다"). '이게 무슨 상황이지?' 싶다가도
눈앞에 내밀어진 작은 손을 본 '나'는 무엇을 이끄는 힘은
손의 크기나 물리적인 힘의 정도에 달린 게 아니라는 것을
문득 실감하게 된다. '나'는 그 작은 손의 내밀어짐에 부응
하기 위해서 전신을 손 앞까지 밀어 보이게 되는 것이다. 이
힘을 아이를 돌보는 주체가 보여주는 시적 상상력이라 부를
수도 있을 것이다.
  돌봄 주체의 시적 상상력은 기존의 '나'가 근거하는 삶의
낡고 고장나 위태로운 부분들을 진단하고 보수하고 수리하
기를 종용한다. '나'로 하여금 좀더 나은 사람이 되도록, 좀
더 괜찮은 삶을 살도록 부추긴다. '나'가 만든 "아주 커다
란 비눗방울"에 몰려드는 아이들은 비눗방울의 크기와 형
태와 빛깔이 만들어내는 순간적인 아름다움에 모종의 위안
을 얻는 감상자들이 아니다. 대부분의 아이들은 터트릴 수

있는 것을 터트리는 일에 몰두할 뿐이다. 본능에 충실한 동물처럼 움직이는 아이들의 모습에서 누군가는 아름다움을 잠시도 보존하려 하지 않는, 마음 없음의 상태를 떠올릴 수도 있겠지만 다른 누군가는 잠시 나타나는 것에 위로를 얻는 자기 마음의 위태로움과 허위를 폭로하는 데서 해방감을 경험할 수도 있다. 결국 "터트리려고"라는 의지는 비눗방울에 몰려드는 아이들의 것이기도 하지만 애초에 비눗방울을 더 크게 만드는 '나'에게도 있었던 것이다. 이처럼 '아이'는 '나'가 (비)자발적으로 은폐하고 있던 자신의 약하고 병든 지점을 거듭 바로 보게 하는 역할을 한다.

노래는 후렴부터 시작합니다

후렴에는 가사가 없어요
사랑 노래입니다

노래를 듣는 사람들에게
하고 싶은 말이 많았는데

모르겠어요 잘하고 있는 건지
마지막에 했던 말을 자꾸 번복합니다

(......)

깨어난 나는
웃는 얼굴을 잊을 수가 없었습니다

다음 페이지를 열고
버튼을 누르면 노래가 나와요

사랑 노래입니다

그냥 배울 수는 없고요
보고 배워야 가능합니다

저는 많이 보고 있어요
—「사운드북」 부분

여러 번 읽어도 읽을 때마다 새로운 구절에 눈길과 마음이
사로잡히는 시다. 돌봄 주체라면 누구나 잘 알고 있는 '사운
드북'은 버튼을 누르면 소리가 나는 책으로 동물이나 악기,
자연의 소리를 단순하게 들려주는 것에서부터 합주나 가창
을 동반하며 이야기를 들려주는 것과 학습적인 내용을 전달
하는 것까지 다종다양하다. 잠에서 깨어나 말갛게 웃는 아
이의 얼굴을 마주하면서 사운드북을 함께 보고 있는 상황은
흥미롭게도 과거형으로 진술된다("잊을 수가 없었습니다").

아이를 바라보며 전혀 새롭고 낯선 세계를 마주하는 '나'는 그 속에서 감각하는 '나'와 그런 '나'를 발견하는 '나'로 분리된다. '나'의 분리는 돌봄이라는 행위가 아이를 위한 주체의 일방적인 노동만이 아니라 동시에 기꺼이 자신의 부족을 보충하는 일이라는 것을 인식시키면서 그 이중의 살핌이 "사랑"이라는 것을 발견하게 하는 각성인 것이다("깨어난 나").

상식적인 시간관이 무화되고 인과의 논리가 무용해지는 시점에서 발생하는 것, '나'만 있던 시간에서 깨어나 '너'라는 무지의 지평을 기억하는 사건이 "사랑 노래"라는 이 시의 전언은, 사랑의 속성을 이해하려는 시도는 의미를 정확하게 전달하고 해석하는 일보다는 유희를 그저 반복하는 일에 가깝다는 것을 암시한다. 특히 가사 없는 소리("후렴에는 가사가 없어요")를 반복해서 듣고, 노래를 듣기 위해 페이지를 넘기고 버튼을 누르는 단순 명백한 동작은 '나'로 하여금 그동안 미처 알지 못했고 하지 못했던 차원의 일들을 깨닫게 한다. 이를테면 글을 쓰는 일처럼 말을 통해서 어떤 의미를 가능한 한 정확하게 전달하고자 했을 때 불가피하게 마주하게 되는 '나'의 무지와 무능의 지점이 있다. 그처럼 한계를 극복하기 어려운 절망과 회의에 사로잡혀 있을 때 '아이'의 행동은 '나'를 깨우쳐주는 다른 대안을 보여준다. 말을 통해서 의미와 의미를 나열하고 누적하는 방법으로는 정확하게 전달할 수 없었던 무엇이 '그 무엇'이라는 의미를 포기하고 그 자체를 보여주고자 하는 시도로서 반복될

때 이해할 수 없었던 것들이 오히려 구체적인 형상으로 감
각되기도 하는 것이다.

> 인과를 알 수 없는 일이
> 세상에는 아주 많다
>
> 무서운 것 앞에서
> 한 번쯤 무섭다고 말해본 저녁
>
> 빛은 두 사람의 몫만큼 밝고
> 한 사람의 몫만큼 어두웠다
>
> ─「햇빛 옮기기」 부분

"하고 싶은 말이 많았"던 때를 지나와 이 집에는 그저 호
기심을 표현하는 아이처럼 "모르겠어요" "나는 궁금합니
다"(「사운드북」)라는 두 문장만이 다 녹아도 녹지 않은 밀
랍처럼 남아 있다. 이 있음에서 안미옥의 시는 '나'를 능가
하는, '나' 너머의 삶의 가능을 조명하는 문장으로 계속 쓰
일 것이다.

안미옥 2012년 동아일보 신춘문예로 등단했다. 시집으로 『온』 『힌트 없음』이 있다. 김준성문학상, 현대문학상을 수상했다.

문학동네시인선 187
저는 많이 보고 있어요
ⓒ 안미옥 2023

1판 1쇄 2023년 2월 20일
1판 8쇄 2024년 9월 10일

지은이 | 안미옥
책임편집 | 강윤정
편집 | 이재현 이희연
디자인 | 수류산방(樹流山房) 본문 디자인 | 유현아
저작권 | 박지영 형소진 최은진 오서영
마케팅 | 정민호 서지화 한민아 이민경 안남영 왕지경 정경주 김수인 김혜원
        김하연 김예진
브랜딩 | 함유지 함근아 박민재 김희숙 이송이 박다솔 조다현 정승민 배진성
제작 | 강신은 김동욱 이순호
제작처 | 영신사

펴낸곳 | (주)문학동네
펴낸이 | 김소영
출판등록 | 1993년 10월 22일 제2003-000045호
주소 | 10881 경기도 파주시 회동길 210
전자우편 | editor@munhak.com
대표전화 | 031) 955-8888 팩스 | 031) 955-8855
문의전화 | 031) 955-2696(마케팅), 031) 955-2678(편집)
문학동네카페 | http://cafe.naver.com/mhdn
인스타그램 | @munhakdongne 트위터 | @munhakdongne
북클럽문학동네 | http://bookclubmunhak.com

ISBN 978-89-546-9081-2 03810

* 이 책은 서울특별시, 서울문화재단 '2022년 창작집 발간 지원사업'의 지원을 받아 발
  간되었습니다.
* 이 책의 판권은 지은이와 문학동네에 있습니다. 이 책 내용의 전부 또는 일부를 재사용
  하려면 반드시 양측의 서면 동의를 받아야 합니다.

잘못된 책은 구입하신 서점에서 교환해드립니다.
기타 교환 문의: 031) 955-2661, 3580

www.munhak.com

문학동네